台灣小說·青春讀本

文學是文化的精華，起源於生活，扎根於土地。

遠流出版公司

總序

許俊雅

記得十年前我初次看到橫式台灣地圖時，心中充滿驚奇與喜悅，不僅因它像一隻充滿想像的鯨魚，我想最主要的是它打破我平常的慣性認知。我只能大約看出它的輪廓，圖中很多區域不明，煙嵐樹林飄散其間，經緯度雖然沒有現在的地圖清晰，可是也就相對不是那麼機械化。那是一張充滿想像的地圖。

這世界是豐富的，沒有找到的、不確定的，永遠是充滿想像的空間，讓人無限的憧憬。而文學的創作與閱讀也是這樣，作家在創造形式與題材上，不斷向自己挑戰，作品所留下的廣闊想像空間，有待讀者去填補、延續，讀者則因各人不同的境遇、不同的學力、不同的生活經驗，同一部作品因人、因時而有不同的感受、領會，每篇文章具有雙重甚至多重的效果。

然而，近年我深刻感受到人類的想像力與創造力，隨著資訊的發達，影像世界無所不在的侵呑霸占，我們的想像與思考正逐漸在流失之中。想像力的激發與創造力的挖掘，絕非歸功聲光色的電子媒介，而是依賴閱讀，尤其是文學作品的閱讀。因此，我們衷心期待著「文學」能成爲青少年生命的伙伴。

青少年透過適合其年齡層的文學作品之閱讀，可以激發其想像力、拓展其生活經驗，使之產生心靈相通的貼切感。這樣的作品，不僅是他們傾訴、表達、質疑、宣洩情感的管道，同時也是開發自我潛能、了解自我，學習尊重他人與自然萬物和諧共處的途徑，通過文學的閱讀、交流，把心靈中美好的因素、崇高的因素調動起來，建立一種對生命的美好信心，及對生活的獨立思考。

我相信文學固然需要想像的翅膀凌空飛翔，但也唯有立於自身的土地上，才能感受到落地時的堅穩踏實。我們要如何認識自身周遭的一切呢？我固執地以爲文學最能說出一個人內心眞正的想法，透過文學去認識一個地方、一個民族、一群生活在這塊土地上的人們，遠比透過閱讀相關的政治經濟方面的報導來得眞切。因此這套《台灣小說．青春讀本》所選的小說，全是台灣作家的作品，這些作品呈現了百年來台灣社會變遷轉型下，台灣人的生活方式、歷史經驗、人生體悟、文化內涵等。

表面上看起來我們是在努力選擇，其實，更多的是不斷的割捨。割捨篇幅太長的小說，割捨隱喻豐富不易爲青少年理解的小說。「割捨」，使選編者不免感到遺憾，因爲每一位從事文學推廣的工作者，心中總想著帶領讀者進入繁花盛開的花園，而今可能只是帶來小小的盆栽，我們只能先選取這些作家這些作品呈現在你眼前。但有「捨」必然也會有「得」，「捨得」一詞可作如是觀。透過這一盆一盆的花景，我們相信應能引發讀者親身走入大觀園的興趣，而此時種下的文學種籽，値得你用一生的時間去求證、去思索、去體悟。

閱讀之餘，我們向作者致敬，由於他們的努力創作，讓我們有豐富的精神糧食，這時代除了儲存金錢、健康的觀念之餘，我們也要有儲存文學藝術的觀念，才能豐富生活，提昇性靈。我們也向讀者致意，由於你們的閱讀與參與，因此使所有的過程變得更有價値、更有意義。

〔圖片提供者〕
◎頁一〇，黃力智攝
◎頁一八、頁一九右下、頁三〇上、頁三一上、頁五六、頁六九，遠流資料室
◎頁一九上、左下、頁二四、頁二五、頁四六、頁四七上、下、頁五一、頁五四、頁五五、頁五七、頁六五，莊永明提供
◎頁三〇下、頁三一下，國立台灣歷史博物館籌備處提供
◎頁三一中、頁八五，郭娟秋攝，遠流資料室
◎頁三五，電影資料館提供
◎頁四七左中，黃智偉提供
◎頁六四，劉宗慧繪，遠流資料室
◎頁七六，劉安明攝
◎頁九三，黃崑謀攝，遠流資料室

台灣小說·青春讀本 10

老鼠捧茶請人客

文／王禎和　圖／張振松
策劃／許俊雅　主編／連翠茉　編輯、資料撰寫／吳欣文
美術設計／張士勇、倪孟慧、張碧倫

發行人／王榮文
出版發行／遠流出版事業股份有限公司
台北市南昌路2段81號6樓
郵撥／0189456—1 電話／（02）2392-6899
傳眞／（02）2392-6658
著作權顧問／蕭雄淋律師
法律顧問／董安丹律師
輸出印刷／中原造像股份有限公司
2006年2月1日　初版一刷
2013年8月1日　初版二刷
ISBN 957-32-5718-1 定價 240元
行政院新聞局局版臺業字第1295號
（缺頁或破損的書，請寄回更換）

YLib遠流博識網 http://www.ylib.com　E-mail：ylib@ylib.com

老鼠捧茶請人客

王禎和

驟然得這款樣，伊一時也莫能分曉到底發生了怎麼樣底一回事。到底發生了什麼？叫我的乖孫子受驚到這種模樣！黑白分明底一雙眼怎會睜得這款大，連眨都不眨一下？眼神又是這款緊張！一張小臉怎麼這般白雪雪，無有一點血色！我的乖孫子，你剛才唔（不）是還在客廳裡賣豆腐——賣豆腐嗎？怎麼一眨眼你就跑進房間來，一個人戇呆呆在床上坐？到底發生了什麼事？快與阿嬤（音ㄇㄚ。奶奶之意）講，阿嬤就站在你前面。你莫有看到嗎？阿嬤就在你面前囁，伊走前

一步彎下腰來輕棉棉地擰了一擰孫子圓嘟嘟底臉。你怎麼不跟阿嬤講話囁？你怎麼一個人呆呆坐在床上囁？我的戇孫，你到底在驚怕什麼！驚怕成這款樣！快講給阿嬤聽哪！○○○怎麼不開口囁？你唔是有什麼話都跟阿嬤講嗎？你唔是常常在講最惜（愛）你的人就是阿嬤嗎？你媽咪一罵你不乖，你就跑到阿嬤身邊講：媽咪最壞嘍！最愛罵弟弟（˙ㄉㄧ ㄉㄧˊ）！人家弟弟只打一打電視機，要把裡面的人打出來，也不行！人家在沙發上跳一跳做科學小飛俠，也不行！人家弟

台語文學代表作家

讀王禎和的文章，在各種令人眼花撩亂的新奇手法中，台語的趣味是他一貫不變的創作基調。他對台語的愛好在創作之初便已顯現，從民間諺語、歌謠中取材，將他所體會的台語之美融入創作中。以台語爲基調的寫作風格，使他的文字獨樹一幟，光是去發現其中蘊含的台語趣味，就使人沉迷其中。從鄉村的花蓮老家到繁華台北都會的人生感受，以及長年在電視媒體工作所接觸的社會百態，使他的小說深切而寫實的反應出時代面貌。

弟不要睡覺，也不行！媽咪最兇最兇嘍！阿嬤你最棒最棒！〇〇〇那你怎麼不跟阿嬤講：你到底看到什麼才著驚成這一款樣！知唔知阿嬤在擰你的面肉？知唔知？

今天好不容易太陽出來了，房間裡光線充足的。伊仔細打量了一會伊底孫子。弟弟，你是唔是那裡艱苦（不舒服）啊？是唔是囁？來，給阿嬤摸摸看有莫有發燒？來，讓阿嬤摸摸看。摸了一回又摸一回——摸了一趟又摸一趟伊孫子底額頭，像是沒有發燒，伊還是

不放心安再仔細摸了一道又一道。確確實實是沒有發燒。這怎麼一回事囁！弟弟，你該不會是冷吧！今天太陽都出來了，莫有昨天寒，你身上又穿了阿嬤替你織的毛衣，該不會是冷吧，那到底那裡艱苦囁？那裡艱苦囁？○○○啊——哈！伊突地笑起來。啊哈！阿嬤知道你的心事啦！弟弟，你眞奸巧哦！想吃土豆（花生）糖，是唔是？想叫阿嬤帶你出去吃蚵仔麵線，是唔是？啊——哈！你眞奸巧哦！故意裝出這副著驚的模樣來嚇阿嬤！哦！你也眞會裝，連身體都皮皮顫！你以爲這款就可以拐阿嬤把土豆糖拿出來，是唔是？是唔是？○○○○戇孫哦！阿嬤唔是對你說了嘛！土豆糖統給老鼠吃光啦！一塊也莫有剩！○○你不相信嗎？眞的是統給老鼠吃光了囁！伊自後面摟緊孫子，嘴巴湊近孫子耳邊笑了起來！

阿嬤騙你的啦！騙你的啦！土豆糖給阿嬤藏起來啦！阿嬤這款做，都是你自己惹出來的，你知莫？這不可以怪阿嬤哦！統是你自己招惹出來的哦！昨天跟你千交代萬交代叫你莫要講莫要跟你媽咪講，你偏偏雞婆（多事）跟你媽咪報告什麼阿嬤帶你去吃蚵仔麵線！你這囝仔，實在眞雞婆囁！還說什麼好好吃哦！你唔知你那個媽咪是個衛生科長嗎？外邊的東西伊唔是說莫有洗乾淨、就是說用回鍋油炸的，統吃不得，吃不得！你還膽敢跟伊講吃外面路邊攤的蚵仔麵線！還講好好吃哦！你實在有夠戇！你眞莫有看到昨冥你媽咪底臉色一下子變得有多難看！叫阿嬤眞莫好意思，坐立都難安的！你哦！伊輕拍了下孫子底肩膀，實在有夠戇！你媽咪也莫有問你還吃了什麼，你竟雞

婆到這款！搶著大聲講：媽咪，媽咪，還有——還有
囁！阿嬤在旁邊拚命給你使眼色，偏偏你就莫有察覺
到！儘哇啦哇啦講：阿嬤買土豆糖！買一大包給我吃
囁！好好吃哦！伊哼哼地笑上來，你這個戇孫，你
害得阿嬤都坐不住了，趕緊溜進房間躲起來，你知
莫？又哼哼笑了，你知莫，你那個最聽某（妻）嘴
的阿爸昨冥就給我下警告了？你知莫？你媽咪莫好意
思講，就派你爸爸來啦！你爸爸怎麼對我講，你知
莫？他講：娘，你知伊是最講衛生，最怕吃路邊攤的

台語面面觀

台語源自閩南語，到日治時期，日本人稱爲台灣話，戰後改稱爲台語。中國地廣，雖文字相同，但漢語的口語因各地發展不同，而出現五大系統的方言，分別是北方官話（北京話）、吳語（蘇州話）、閩語（福建話）、客語（客家話）、粵語（廣東話）。閩語又再分爲閩南、閩北兩系，閩南語中又因區域而有差異，包括泉州、漳州、潮州、海南島等腔調皆不同，台灣移民多來自泉漳，因此台語較接近泉漳腔。不過，現在「台語」一詞，已不僅是指閩南方言，客語、原住民母語都包含在內。

各地台語腔

台語有廈門腔、泉州腔與漳州腔。清代來台的漢人，除了會說原鄉的泉州或漳州口音外，彼此溝通時說的是廈門腔，可能因當時廈門爲閩南的大城市之故。日治時期，台語陸續融入許多日語的外來語，以及加入本地風土的新名詞，今日台語的廈門腔與閩南的廈門腔已有許多不同。而泉州、漳州兩種腔調的分佈即爲泉漳人的空間分佈，泉州人約在台北盆地、西部沿海，漳州人則是在蘭陽平原、東北部、西部靠山的平原。泉州腔又分爲三邑、同安、安溪等口音。日治時總督府曾於一九〇七年製作「台灣言語分佈圖」（上圖），爲最早的方言研究地圖。

日治時的台灣話文運動

一九一九年，中國的五四運動主張「我手寫我口」的白話文，同樣使用漢文的日治時期台灣文人起而響應，要將文言文的漢字改爲白話文，但卻發現了台灣的特殊性，台語和白話文無法對應，縱使改成白話文也無法達到「我手寫我口」的目標。在這樣的反省中，一九三〇年代形成了以台灣話來書寫、創作的台灣話文運動。台語要如何文字化，有兩派主張，一派是蔡培火（左圖三排中著白上衣者）鼓吹用羅馬拼音字來書寫；另一派是黃石輝主張用漢字書寫，找不到漢字時用代字處理，以保存傳統的漢文化，這個主張得到多數文人的認同。

亦慈善事業也。英國醫士。馬雅各父子。子間名馬雅各。前後來主是院。醫術精妙。有聲於時。婦孺咸知其名。故分別稱爲老馬醫生。小馬醫生。老馬醫生主院之時對於奇難怪症。一經施治無不立驗如神。當市有小商人某甲。販賣食品。每日赴市行商。其妻有孕。滿月臨盆難產不得下。穩婆無術。乃延老馬醫生。爲之診治。老馬醫師。醫德優良。不論貧富。延請立至。隨遣其家診視之下。乃斷曰。胎兒不

之。復循安全。未幾。其甲妻又再懷孕。又延老馬醫生。老馬醫生曰。汝肚皮無多。胡能數受刀傷。今既第三次矣。[illegible]不可再割。己三易其位焉。此後若再受胎。當無餘地受刀。予[illegible]亦[illegible]因詢其夫某甲曰。汝須誓約。從

台灣話文的保存與創作

日治時不論是創作漢詩文的舊文人或新文學提倡者，對於傳統歌謠的採集和台語創作皆不遺餘力。一九三〇年代，鄉土文學盛行，當時以台語書寫的創作與研究主要發表在以舊詩文爲主的《三六九小報》（上左圖）、新文學的《南音》（上右圖）雜誌，以及其後的《台灣新民報》。《三六九小報》大多是台灣南社舊文人，如許丙丁、蕭永東、鄭坤五等，蒐羅民間歌謠，以台灣話文創作，並有連雅堂專欄〈台灣語講座〉。《南音》以郭秋生的專欄〈台灣話文嘗試欄〉爲主，推動台灣話文運動。

東西，土豆更是不敢吃，一天到晚就聽伊像尼姑唸經似地儘在唸什麼花生米含有黃麴毒素，含有黃麴毒素，吃不得的，吃不得的！你早應該聽熟了的，怎麼還去買花生糖給弟弟吃！還帶他吃路邊攤賣的蚵仔麵線！伊吃驚得魂飛魄散的，要我趕緊好意跟你說一說。伊又輕拍了拍孫子底肩，都是你害阿嬤的！你知莫，你爸還很好意地訓我說：娘，你也實在，疼孫子也不該這款樣呀！弟弟想吃什麼就買什麼給他！總要看看東西衛不衛生，合不合格，有沒有打印製造日期啊！〇〇〇〇你阿爸都這般好意勸我，阿嬤那敢再拿土豆糖給你吃囁？萬一你又雞婆又哇啦哇啦四處宣告阿嬤給你土豆糖吃，那你媽咪不知要怎麼怨怪我囁！所以呀！阿嬤才把土豆糖藏了起來！

伊親了親小孫子細嫩嫩濃密密底毛髮。你這個戇孫，實在唔知死！你爸媽才出門上班，你就來跟我要土豆糖吃啦！唔怕你媽咪萬一忘了東西回頭來拿給伊撞見到?!所以阿嬤只好騙你土豆糖統統給老鼠搬光啦！一塊也莫有剩！聽我這款講，你小嘴巴一嚈，也就莫再纏著要啦！後來你就一個人在客廳裡賣起豆腐來啦！手裡捧著那塊木板口裡不停叫著：賣豆腐哦！賣豆腐哦！捏一捏孫子長得頂俏俊的鼻子。你到底賣了多少塊豆腐啊？賣了多少塊啊？又捏他鼻頭一下。唔是賣豆腐賣得好好的嗎？怎麼——怎麼，阿嬤才把中午要煮的菜照你媽咪交代的方法洗乾淨出來到客廳走一下，你就丟下豆腐擔子跑入房間裝出這付模樣來嚇驚阿嬤啦！好拐阿嬤再帶你去買土豆糖再帶你去吃路邊攤的蚵仔麵線是唔是？是唔是？〇〇〇你唔講，阿嬤也知！哼哼！你實在有夠奸巧哦！拿手稍微用一點點勁地拍拍他底背。好啦！好啦！阿嬤認輸，阿嬤認輸，阿嬤現在就去把土豆糖找來給你吃——給你吃，好莫？好莫？哪，怎麼唔笑一笑？唔笑一笑？怎麼還這款戇戇呆呆？怎麼牙齒還在格格響？怎麼臉色還這款白漆漆，甘那（好像）見到了鬼！弟弟，你啊——你啊——實在眞會裝，將來可以去演電視。好啦！別再裝啦！阿嬤現在就去取土豆糖來，安嚾（這樣）你歡喜莫？○○○○怎麼還不笑一笑嚾？還這款著驚得面無人色甘那看到了鬼！○○○阿嬤現在就去拿哦！唧——不過你得答應阿嬤絕不再雞婆跟你媽咪多嘴咹！又摸弄了一回他靈巧巧的鼻子。阿嬤這就去拿土豆糖來給你——給你這個饞鬼吃咹！

移身至客廳來，伊眺到窗外的天晴朗得何等！廳裡滿處照耀著陽光。台北的冬天不是陰陰晦晦，便是雨雨滴滴，實在難得有這樣好的天氣！伊想應該拿棉被出去晒晒。對！應該拿出去晒晒拍打一番，都蓋得要生霉了！○○○可是到那裡晒去啊！聳聳肩伊乾笑了

台灣白話字——羅馬字寫台語

一八六五年，英國長老教會開始來台宣教。教會發現當時大部分民眾都不識字，為使民眾自行閱讀聖經，教會決定放棄艱深的漢文，推廣只需學習字母和標音，不必學習文法的羅馬字，向不識字民眾宣教。第一位來台宣教師馬雅各即引進羅馬字書寫台語，並引進台灣第一部印刷機（左圖），印製羅馬字宣教品。其後來台的巴克禮（上圖）更以當時通行台灣、閩南的廈門腔與羅馬字來翻譯聖經。教會的努力不但保存了當時的台語腔調，更使當時許多不識漢字的民眾可以在傳統文人的教育體

笑。前面的陽台才那麼半截，晒領棉被都莫夠哦！後面雖然是一整座，不過才那麼樣一點點寬，又要放洗衣機，又要裝熱水器，連晒衣服都差不多快莫有所在了！那剩有地方讓你晒棉被哦！什麼公寓樓房咧！那裡及得上我們老家的紅磚厝，前後面的空地有多寬大！要晒多少領棉被，都隨你！那裡像這所在！哼哼！

啊！伊忽然有個主意了。對啊！棉被就拿到一樓的院子晒去！對，他們的院子雖不頂大，也還夠晒兩三

系外，經由教會以羅馬字書寫並吸收新知，影響深遠。

領棉被的。就拿到樓下晒去吧！〇〇〇〇可是就唔知人家肯不肯答應？大概唔會唔肯吧？唔會唔肯吧？不過我又不認識他們。伊抿嘴一笑。都來這裡住上好幾年了，只知道一樓養了隻狗，一天到晚咻咻叫，其他便什麼也唔知了！連人家姓什麼也唔知！實在笑死人！

花生糖就藏在電視機後頭。那裡是最不讓人注意的地方。位置又高，弟弟不拿椅子墊腳是搆不著的。正要走過去，伊忽然瞥到丟在地上的那一塊一尺見方的木板，不禁停步多瞄了幾眼，開懷地笑起來。這就是他的豆腐擔子。笑死人嘍！我這個戇孫！我這個——還來不及重複一遍伊就眼到伊就眼到——伊就震骸得何等地矚目到一個人〇哦！一個人〇哦！一個女人〇哦！——一個著穿黑棉襖的女人，躺在地上，仰著臉，張著眼，就在沙發椅旁；一隻手舉向後頭，像在呼救，指頭屈就如溺水者的手慌亂裡要攫抓個什麼可以活命的；另隻手按在小腹那裡，死勁按在那裡；兩腿曲踡，似重傷倒地的人拚命要掙扎起來——要掙扎起來。伊嚇得合不攏嘴來。伊驚得渾身顫抖不止。是誰呀?!誰呀?!是誰?伊兩腳哆囉哆嗦的彷彿是跋涉了好長的一段路才走到躺在地板上的婦人身邊，怯怯餒餒的探身下去怕怕地瞄了一下就趕緊掉頭瞧往別處去然後又瞜一眼然後又轉臉望到別的地方然後就注目不移著栽倒在地上的女人。注目不移著注目不移著伊陡地啊一叫。那唔是唔是我○我自家嗎?那唔是唔是○我○我○我○我自己嗎?再上下打量，再左右檢視。莫有錯，果然是伊自家!是伊自家!是伊自家呀!伊詫異慌張得連忙摀住要大呼大叫底嘴。怎麼會躺在地下？怎麼會？看這樣子○○看這樣子○○看這樣子——蹲下來伊將耳朵貼在倒地者的心口上，貫注全神地聽聽聽，聽審了一會兒又一會，不敢相信，又聽辨了一忽又一忽，才頹然地舉臉起來。果然是已經斷了氣！

果然是已經斷氣了！

果然是已經亡故了！

果然是已經過身了！已經成仙成佛了！

民間台語文學❶——諺語

台語有文言音和白話音，文言音是唸文言文用的，白話音就是日常生活說的口語。清代和日治的書房教的三字經、千字文爲文言音。而白話音則以口語文學爲主，其中以諺語、歌謠爲代表，濃縮台語的優美與趣味，融合了生活的經驗與智慧，實爲民間共同創作的台語文學。

諺語裡傳達的訊息，舉凡地理氣候、農業記事、生命禮俗、家族倫理、處世之道、飲食文化等，無所不包；傳統生活中的煩惱與快樂、物質與精神，都濃縮在老先覺組合精妙，令人叫絕的短句箴言中。

新竹風，基隆雨：新竹風大，基隆多雨，描寫台灣地方的氣候特色。

未吃五月節粽，破裘不甘放：還沒吃過農曆五月五日端午節的粽子，即使破棉被也不能收起來。

清明田，穀雨豆：清明節之前要完成稻作播種，穀雨時要播下豆子的種子。

四到五月，閒人滿街迺：四月到五月，是尚未收成的農閒時間，眾人閒閒沒事就會到街上迺迺。

人情，卡大腳桶：諷刺有些人施點小惠，就自以爲給別人大恩情，比腳桶（大澡盆）還大一樣。

濛濛仔雨，落久土也會濕：即使細小如毛毛雨，下久了也會讓土濕潤，形容努力總會有所成就。

本地媽祖興外庄：台灣媽祖廟遍佈各地，本地居民因爲媽祖廟就在身邊，不覺特別，外庄的人反而不遠千里慕名而來，造成本地媽祖在外庄反而興旺的情形。

吃人歡喜酒，賺人甘願錢：爲人行事要心安理得，不要佔人便宜。

centre of Taiwanese), Formosa.
本島人信仰の中心になつて居ります 年々盛な祭典が營まれます

伊嬋緩地站身起來，眼睛依舊注目不移著仰躺在地下的伊自家。注目不移了良久，閉眼吁嘆了一聲。

是過身去了！

對，對。伊猛然醒記上來。就在洗好中午要煮的菜，從廚房走出來招呼弟弟的那一時陣！對，就發生在那一時陣！十一、二點那一時陣！那時伊剛將蛤蜊用鹽巴洗乾淨，然後走出廚房，轉到客廳，瞧見弟弟正捧著那塊一尺見方的木板與高采烈地喊：賣豆腐哦！賣豆腐哦！便挪身過去握住他底小手，打趣地問：弟弟，你的豆腐有莫有人來買囁？有莫有人來買囁？阿嬤講，一定莫有主顧，是唔是？是唔是？記得伊孫子好生嚴肅地頭搖一搖說：太空飛鼠來給我買咧！聽不懂他講什麼，伊忙笑著問：誰啊？你講誰啊？伊孫子這時更是一臉正色地回答，太○空○飛○鼠。還是聽不分明，伊待要再問清楚到底是誰來買豆腐啊？頭就突然暈了起來，胸口緊跟著發悶得好似鼻子嘴巴全給堵上東西了，接著便感到天搖地動起來，接著眼前便一片灰濛，便一片黑漆，然後——然後便什麼也記不得了！什麼也記不得了！對，伊做了個結論：伊就這款樣亡故過身了，事情發生得這般高速！一點也未曾預料到！

實在一點也未曾預料到，一向都認爲自己的身體還算康健的，像腰酸背痛哮喘咳嗽這些老人病，也未曾有過。便是感冒著寒，也是難得一患的。只今年夏天鬧過一次頭痛，給醫生看了，說什麼要檢查，我就說：那有那款樣嚴重，要上大醫院檢查！頭痛，吃幾天藥就行啦！可是兒子不依，堅持要我去做檢查！

台語電影的一頁興衰

台語的興衰，可以從台語電影的起落看出端倪。從第一部台語片一九五五年的《才子西廂記》約莫二十五年，台語電影從興盛到衰微，甚至最終被港片及國語片取代。早期台語片主要是將歌仔戲搬上銀幕，其中《薛平貴與王寶釧》紅極一時，其後愛情、社會倫理、搞笑喜劇等題材的電影紛紛開拍。最盛的一九六二年，台灣一年出產一二〇部台語片。

呵！兒子他那個嚕囌勁，只好跟他去大醫院檢查啦！○○什麼檢查哦！一個早上儘在病院裡排隊等掛號，等了好久，才排到號碼，還輪不上，還得挨到下午去。到了下午，呵！那些醫師實在有夠夭壽！比警察對待犯人還要兇，要扎你的肉，就得任憑他們扎去；要你站，你就不能坐；叫你坐，你就不許站；要你大小便，你只得立刻去解，便是莫有，也得想辦法製造點出來給他們，好讓他們研究！我那個戇孫還問我手裡抓的杯子盒子裡面裝的是什麼？我就講：阿嬤的大

小便啊！你愛看莫？嘿！我那個戇孫同他媽咪一款樣，也是一個「國際牌」的衛生科長。聽我這款問，人就一陣風躲到他爸爸和媽咪的身後，口裡嘟囔著：好髒！好髒！我才不要看！最後還龜龜縮縮探個小頭出來問：阿嬤，你拿大便要幹麼？聽見我低著聲音說：給醫生吃啊！我那個戇孫就格格格笑成一團！

哼！折騰了一大整天，仔細研究過我大小便的醫生還唔是講：都還正常！我早跟兒子說過，頭痛是傷風感冒引起的，莫有什麼要緊！吃幾天藥就行啦！檢查什麼哦！了（浪費。音：ㄌㄠˋ）錢了時間，何必呢？
哼！我兒子便是這款樣，人家講個影，他就生個子，黑白緊張！你放心！你這阿娘身體還莫有開始壞，還每日天未全亮就起床到外面去吹新鮮空氣，散步溜覽，大清早的景致實在乾淨，實在好！甘那（好像）歌仔戲裡面唱的：山明水秀好遊玩！我跟你講，你這阿娘還準備跟人家學舞劍舞紙扇咧！身體還好得很囉！今日一大清早出去散步，教我做甩手運動的奧嫣尙（日音：指年紀大的婦女）還講我氣色不錯咧！眞看不出我有六十好幾了！連根白頭髮都未有！都未有！一生也未曾有過腰酸背痛哮喘咳嗽的人，竟然就這麼一眨眼工夫便亡故便過身去了！連自己都未敢相信！都未敢相信！〇〇〇〇以後可是再也莫能夠出門散步溜覽大清早的景致了！再也莫能夠每年過年回老家看滿山的橘子了，成千累萬，一顆一顆金珠也似的！再也莫能夠偷帶我那個戇孫出去吃蚵仔麵線了！再也莫能夠趴在地上做老馬給戇孫騎了！再也莫能夠教我那戇孫唱：

G 4／4

／ 1 12 3 －／5 56 5—／
黑 茶(ㄉㄝ)茶 滋 奶 茶

／ 3 32 1 12／3 21 2-／
老 鼠 捧 茶 請 人 客

了！再也莫能夠了！

無有連累到兒子和媳婦，這是伊至感安慰的地方。

走得這般高速這般俐落，伊想這實在是神明保庇的

哦！兒子的老爸過身以後，便一直擔心一直擔心：生

怕有朝一日若像兒子老爸那般得了中風腦出血躺倒在床上，手腳莫能動彈，連大小便都要人照料，那就要像客家人管「穿鞋」叫「足害」了（糟了）！兒子伺候你，那也莫有話說，不過他是個男人，能伺候什麼呢？媳婦愛乾淨到那一款，那裡好意思麻煩伊給我捧屎捧尿洗身換衣裳？那唔是太爲難伊了嗎？太爲難伊了嗎？自己病苦病痛，倒是無所謂，最叫人害怕煩惱的是自己害病還要拖累子女跟著受苦，叫人怎能心安囉？眞要生病到兒子他老爸那地步，大小便統無法控制，往往屎尿撒得滿床都是，要眞病到那程度，媳婦一準會給嚇壞的！那叫人怎能安心？怎能安心？唉！兒子他老爸倒很福氣，有我在旁照顧，從來就唔必擔負這種心事！

眞是神明保佑哦！再莫有必要憂慮——再莫有必要擔心掛意會讓媳婦受罪痛苦了！低下頭伊凝望著躺在地下的自家，一面微嘆著！唉！只是美國去不成了，大兒子見不到了！只是莫再能夠跟我這個戇孫親熱了！只是莫再能夠聽到他阿嬤拜託——阿嬤拜託的緊纏著我要帶他出去吃路邊攤了！伊又低下身去，又把耳朵貼在屍體的心口上再仔細聽沉，仔細分辨，然後直腰起來。確實是死去了！難怪弟弟會驚嚇得跑到房裡躲去！才三、四歲的細漢囝仔（小孩），那裡碰到過這款事！他全身皮皮顫臉色青筍筍到那一款！唔知著驚到什麼程度！我這戇阿嬤還以為你著寒生病了噃?!還以爲你在「裝模做樣」要拐阿嬤噃？弟弟，你莫要驚！莫要怕唷！阿嬤絕不會絕不會害你傷你的，現在阿嬤就去拿土豆糖給你吃——給你吃——給你壓驚給你壓驚好莫？

才邁出步子，伊就忽地「啊」一叫，腳差點點就踩到地上伊底遺骸啦！火急收腳返到原位去，一面若有所思地睇著地下的自家。總得移進我的房裡去才好！不然又給弟弟瞜到了，唔知要著驚到什麼地步咧！小心翼翼地繞過地上的自家踱到屍骸頭後站定，便毛腰下去，伸手要去攙扶地上的伊，好拖進房裡去。攙了幾次扶了幾次，地上底伊就是動也不曾動過！又去攙扶了好幾趟，地上底伊仍然動也未曾動過一絲絲！伊

民間台語文學❷——展現語言韻味的台灣歌謠

這裡的台灣歌謠是指先民以母語傳唱，不知創作者的歌。歌謠充分展現台語聲調豐富的音樂性，其特色是曲調大致固定、流傳久遠，旋律簡短、反覆循環，歌詞則隨著唱者隨興哼唱填詞。抒發情懷的歌謠，舉凡喜怒哀樂都是成歌的動機，尤以男女感情最多。到現在仍廣為流傳的歌謠如〈思想枝〉、〈一隻鳥仔哮啁啁〉、〈丟丟銅仔〉、〈天黑黑等〉。

歌謠

歡迎投稿

字讀宜清楚、方言成語須加以解釋、歌辭文俗最貴其眞、俗字俗語不必改用文言。如地方方言有音無字的當以羅馬字或其他符號方法，註明其音及其意義、歌謠有音節的當附註其音譜。

七里香

彰化 黃酸

七里香、盤過墻緊々寫批去乎娘、吗娘無墜視吗娘無看人、恁厝兄嫂多愛嘵人、赤米沙、講風颱恁厝家風阮都知、食恁飯落嘴齒、抹恁油頭禿晶、竪恁大房脚生虫、睏恁一對綉枕死双人。

寶鈴瑯鼓

寶鈴瑯鼓、上山看查某看着目眉成柳枝、鬚毿成琉璜、下手牽孫、頂手抱孩兒、寶雜細君、肩頭掛担無時分、[illegible]阮親姑不抱阮親孫、恁厝姑頭死絕、無姑通抱孫。

白翎鷥

白翎鷥、担柳枝、柳枝重、担箸籠、箸籠輕、担菅蓁、菅蓁浮、羊仔觸着牛、牛嗎々哮、羊仔觸着狗、狗咾々吠、請恁田家來食飯、請恁田老爹來食秫(粥也)、秫未煮、卜食米米未挨、卜食雞、雞未刣卜食鳳萊、鳳萊未割、卜食老婆仔个脚穿平。

草螟公

草螟公、紅搓々、卜倒去、卜培墓、培同時、培

思想枝

思想枝是恆春地區流傳的歌謠，一般認爲其曲調來自於平埔族。移民到恆春的先民，離鄉開墾，心繫故鄉、有所感懷時唱出了這首歌謠，因此歌詞以思想枝（起）起詞。它的特色是在開頭的「思啊～想啊～枝～」之後，接四句隨興編詞，再以思想枝開啓下一段四句歌詞。詞中並加入「伊都」、「唉喲喂」等感嘆詞，豐富歌詞的變化。一九七〇年代中期，老歌手陳達抱著一隻月琴隨興吟唱的思想枝，感動了無數聽眾。

思啊～想啊～枝～，仰頭當月想彼時，你
我相愛像月圓，唉喲喂，無疑阿哥你一去，
唉喲喂，唉喲叫阮空等二三年，唉喲喂。

丟丟銅仔

宜蘭流傳最廣的歌謠非「丟丟銅仔」莫屬。這首歌名的由來，主要有兩種說法，一是一九二四年宜蘭線鐵路開通後，宜蘭人坐火車過山洞時，聽到山洞裡的水滴落的聲音。另一種說法是玩「丟銅錢」遊戲時，銅錢叮噹落地的聲響。日治時音樂家呂泉生將這首歌謠編入舞台劇「閹雞」裡，使得這首歌聲名大噪，流傳全國。

火車行到伊都，阿末伊都丟，唉喲
磅空內。
磅空的水伊都，丟丟銅仔伊都，
阿末伊都，丟仔伊都滴落來。

創作歌謠

一九二〇年代，台灣開始出現有作詞、作曲人的創作歌謠，如《咱台灣》（上圖）、《台灣自治歌》展現民族精神，傳唱一時。此時唱片的引入，改變了以往歌謠的傳播方式，剛開始唱片公司錄製發行歌仔戲、歌謠等民俗音樂，其後文人創作興起，民間文學、音樂成爲音樂創作者取材、改編的來源，其中不乏膾炙人口之作，如鄧雨賢作曲的〈雨夜花〉、〈望春風〉、蘇桐作曲的〈農村曲〉等，至今仍是百聽不膩的好歌。

詫異非常。怎麼連動也未曾動過一絲絲？連動也未曾動過一絲絲？不管伊如何用勁，如何拚盡氣力，地上底伊就是就是動也不曾動過一絲絲！

怎麼連動都未曾動過一絲絲？實在稀奇啊！伊又拚力一試再試一試再試，地上底伊依舊紋風不動穩如泰山地倒在地上，仰臉張眼。怎會如此呢？怎麼如此呢？大家唔是都在講嘛！人一死就變神變鬼就成仙成佛！既變神變鬼成仙成佛，那就應該法力無邊呀！怎麼我連個身屍連個自家身屍都莫法度搬動？連搬動一絲絲也莫法度？實在奇怪！不相信，伊又出手去搬移，地上底伊依舊紋風不動；不相信，伊手指伸到屍首的臉上要將那雙張得大大底眼閉上——闔上——關上！無論伊怎麼用勁，伊遺體上的一對眼珠，彷如用石頭雕出來的，連閉上一絲絲也無有！怎麼都變鬼變神成仙成佛了，反倒一點能耐也莫有？反倒不如一個生人！實在奇怪啊！又拚力一試再試一試再試，伊身屍上底一雙眼，眞是石頭雕出來的，連閉上一絲絲也無有！怎會這款樣？怎會這款樣？人死了後，便這款樣變鬼變神成仙成佛莫有一點能力莫有一點用處？不相信！提步飛身到電視機旁，人還未站穩，伊手就探進電視機屁股和牆壁間的縫隙裡摸索摸索。○○○○呵！摸到了！摸到了用塑膠袋裝包起來的花生糖！伊趕忙搦緊在手趕忙抽手出來趕忙撐開眼看！天！手心裡竟空空如也，什麼也莫有！怎麼會這款樣？土豆糖明明抓在手裡的呀！不相信！伊再一趟探手去取，再一趟撐大眼球瞧，張開的掌心裡仍是一樣空空的——一樣空空的！伊廢然地放下手來，苦笑一笑。

歌仔冊與歌仔先

歌仔冊是記錄歌仔的小冊子，將口傳的台語以漢字寫下來。歌仔通常七字爲一句，因此又稱爲七字仔，一篇大約由三到四百句組成，內容有歷史傳說如「鄭成功過台灣」、民間故事如「義賊廖添丁」，勸世歌如「勸人莫過台灣」，情歌如「十二更鼓」等。歌仔冊在日治中期大爲流行，由「歌仔先」，也就是唱歌仔的表演者販賣。歌仔先常在廟埕以月琴等樂器伴奏，借歌謠的曲調，如七字調、都馬調等，自彈自唱歌仔，娛樂觀眾，這種表演方式，民間稱爲唸歌。

講什麼哦！人死了就變鬼變神成仙成佛，就法力無邊來去自如！哼哼哼，都是騙人的話騙人的話啊！

可是莫有土豆糖怎麼給弟弟壓驚呢？弟弟嚇得一臉白支支全身皮皮顫，不趕快給他收驚，怎麼行呢？別鬧出大病來，那我這個阿嬤怎放得下心走呢？伊搓著手在陽光遍滿的客廳裡走過來蹱過去，走過來蹱過去，走過來蹱過去，然後，就突地身子一轉向兒子媳婦的房間急急走去。腳還未進門，伊便叫啦！

弟弟！弟弟！阿嬤給你拿土豆糖來啦！給你拿土豆

糖來啦！

伊底孫子沒有回響一聲。

進門一望，伊底孫子仍坐在床沿上，木呆呆的，動也不動；仍是一臉青筍筍，眼神仍是那款樣驚懼至極害怕透頂。趕緊趨前過去，手摸著他底頭。

弟弟，你還在生阿嬤的氣嗎？別生氣啦！別生氣啦！阿嬤有好消息給你講！你笑一笑！阿嬤就跟你講！你笑一笑，笑一笑，阿嬤就同你講土豆糖藏在那裡！你快笑一笑啊！阿嬤馬上同妳說土豆糖藏身的所在！快啊！快笑一笑啊！

伊底孫子依然無有什麼反響，依然是那一副給驚嚇得何等的模樣，嘴脣還不時抖顫，牙齒還不時格格響。伊擰擰他靈巧巧的鼻子。怎麼唔講話囁，弟弟？怎麼唔笑一笑囁，弟弟！摸摸他底臉摸摸他底肩。怎麼還皮皮顫呢？怎麼還在害怕呢？◯◯阿嬷只是跌倒，跌倒，跌得很重，很重，所以一時爬不起來。現在爬起來了，就站在你面前了！就在你面前站了！莫用害怕了！莫用害怕了！快笑一笑啊——快笑一笑，阿嬤就告訴你土豆糖藏在那裡！伊坐了下來，倚偎著孫子，手抬起來又去捏擰他靈俏底鼻。唔笑就唔笑。阿嬤唔勉強你。你這孩子啊！伊笑笑地搖搖頭，最像你阿公了，說好說歹都唔聽，自己要怎麼就怎麼！不照他意思，呵！牛脾氣就來啦！○○弟弟，你呀！指頭輕輕地點了點孫子底額頭。跟你阿公剛好一擔！把嘴巴湊到孫子耳邊，要講悄悄話似地放低了嗓門。你聽好咹！○○土豆糖就藏在電視機後面。你趕快去取吧！對啦！你這款小，搆不著，得拿隻椅子墊腳才取

歌謠作詞家前輩──李臨秋

李臨秋是日治及戰後初期台語歌盛行之時著名的作詞人（右上圖二排左一）。一九三二年他爲電影主題曲寫詞，進入台語歌謠創作界，不久即以〈望春風〉作詞享有盛名。〈一個紅蛋〉、〈四季紅〉等亦爲其力作。戰後初期他爲永樂勝利劇團演出「破網補晴天」舞台劇所寫的〈補破網〉亦轟動一時，其後卻因歌詞描寫社會當時悲慘實態遭到當局長期的禁止。他的創作風格細膩、生動，充滿感情的文字中可見其傳統文學的功力。

得到，知莫？要拿隻椅子墊腳，你才搆得著，才拿得到土豆糖，知莫？記得用那隻木頭椅子較穩當，千萬莫拿那隻腳下帶輪子的彈簧椅哦！那會摔傷人的，知莫？〇〇還有，你到客廳時，眼睛千萬莫要看地上，知莫？這話說出以後，伊立即對自家說：也莫有關係！到時候我就站在自家身屍的前面擋著不讓他見到就是了！然後伊又對孫子說：快去拿呀！決去拿土豆糖去呀！阿嬤也想吃咧！

伊孫子還是一點反應也無，還是那一副給嚇呆了的

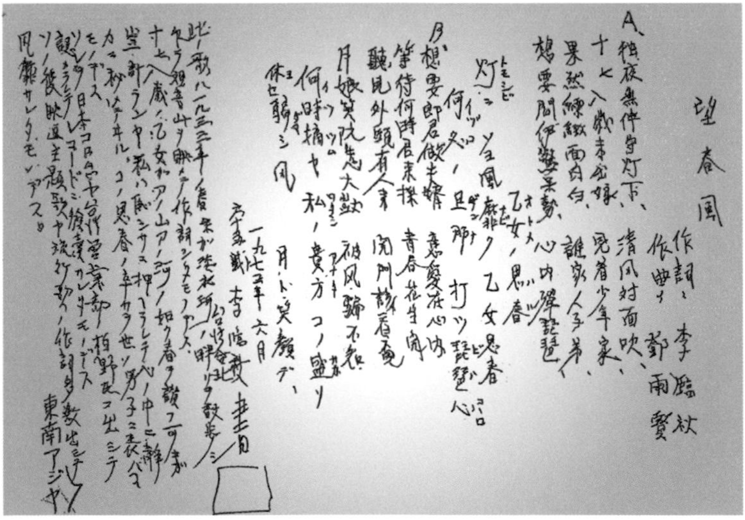

形容。

伊站了起來，低下頭審視著審視著伊孫子。伊孫子底顏面仍復青筍筍！眼神仍復驚懼至極的。這孩子，這孩子，怎麼連話都講唔出來？莫非驚出毛病來了？趕緊仔細摸他頭額。莫有發燒呀！那——。手轉到孫子的背上輕輕拍著。弟弟，你那裡艱苦啊？你那裡艱苦啊？○○○○怎麼還在發抖？還在皮皮顫呢？伊眉頭鎖了起來。這孩子莫非給嚇出病來了，又細看細視了好一晌伊底孫子，眉頭更加重鎖起來。一定是給嚇

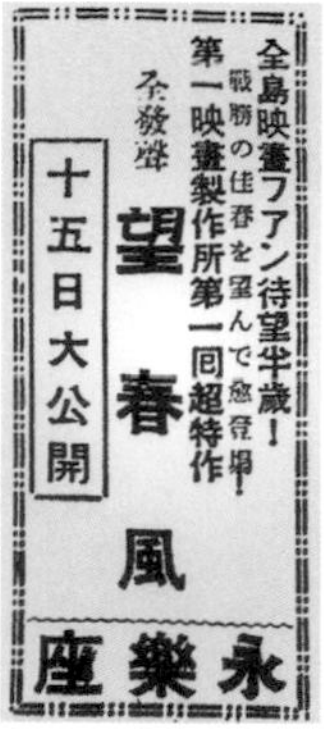

歌謠作曲家先驅——鄧雨賢

鄧雨賢曾到日本東京歌謠學院進修作曲理論，受到西式音樂的訓練。他於一九三二年投入作曲之路，隔年即加入古倫美亞唱片公司成爲專屬作曲家，一九三三年開始短短的三年間，即發表〈望春風〉、〈雨夜花〉、〈月夜愁〉、〈四季紅〉、〈跳舞時代〉等深入人心之作。後因皇民化運動打壓台語歌謠，他只好離開唱片公司，期間他的曲子被改塡日本歌詞（左圖），又被迫以「唐琦夜雨」爲筆名撰寫宣傳歌曲。直到一九四四年過世，他的創作

出病來了！不然一個活跳跳的孩子怎會忽然間變成這款樣戇戇呆呆不動不響的，一定是給嚇出病來了！很贊同這結論似地，伊頭點了點。定是這款樣的。我得趕緊通知他媽咪趕緊回來帶他去看醫生。看他著驚到這種程度，可唔能等到他阿母下班回來才帶他上病院！他媽咪下課回來都下午三點了！怎能挨到那個時陣！伊嘴巴湊到孫子耳邊輕聲地吩咐了：莫要害怕，阿嬤這就去打電話叫你媽咪回轉來！就直如家裡失火要打「一一九」求救般地，伊就急奔至客廳來。

時間雖短，卻留下了近五十首的歌曲，至今傳唱不絕。

電話就放在茶几上。陽光裡，赭紅的茶几上彷彿飛著一層細細的金粉。走過去，伊低頭瞇眼瞧著貼在几上的一張黃色紙頭，上面用毛筆寫著伊兒子公司和伊媳婦學校的電話號碼。筆路黑黑粗粗，好讓患老花眼底伊目見得清晰。看分明了前面三個號數，伊便一見如故地記起媳婦學校電話後四個數字。來台北跟兒子媳婦住了這幾年，撥來撥去，大多是這兩個電話。只要瞟到頭三個數，便能將後面的兜搭上來。把電話號數默唸了一遍，就一手去抓話筒，一手去撥號頭。然後伊就忽地蹬腳踢地蹬腳踢地起來，口裡罵著：

什麼死後成仙成佛變鬼變神！全是騙人的話，連打通電話打通緊急的電話都莫能夠，還法力無邊來去自如?!

伊頹然癱坐在秋棠色絨面的沙發裡，懶懶地望著橫在地板上伊自家遺體。過了好一忽，伊坐挺起來，落力拍了下沙發的扶手。也許是這款樣，我方一點法力也莫有！才新死莫有多久嘛！才新死那麼一會工夫！連閻王都還莫見過咧！伊乾笑了笑。大概是鬼魂要見過閻王，才會有法力吧！也許便是這模樣！我才連打通電話連拖動自家身屍連閉上自家身屍的眼珠統莫能辦到統莫能辦到！抬起頭望出窗外，瞧見幾隻小麻雀在陽台的欄杆上躍來跳去，吱吱喳喳的。又落力了拍了下沙發的扶手。眞會那款樣嗎？會那款樣嗎？連我講的話都進不到我孫子耳裡去？又飛來兩隻麻雀停在欄杆上，更是此起彼落著吱吱喳喳。恐怕是這款樣，弟弟才一點反應也無。◯◯對，對，一定他聽唔到我的聲音，才一絲絲反應也無。彷彿有點懷疑，伊搖搖頭。眞是這樣嗎？眞是這樣嗎？

伊又飛急奔入兒子媳婦底房間。弟弟仍復坐在床沿上，仍復呆呆癡癡地坐在偌大的雙人床上，兩條小腳掛下來，離著地板有尺許的模樣；小手還是抓著墊被的邊緣，抓搦得頂緊，像坐在擺盪不定的船裡，脖子縮著，整一個人在這大床裡顯得小極了；臉，那張圓嘟嘟底臉仍復是白漆漆的！伊一個箭步蹲到孫子面前，大聲說道：

弟弟，阿嬤在這裡阿嬤在這裡叫你，你聽到莫？你聽到莫？

彷彿未有聽聞到，伊孫兒沒有答話，也沒有注目伊。伊極大起聲音來。

弟弟，阿嬤就站在你面前跟你講話，你有聽到莫？弟弟，阿嬤在叫你，在叫你，你有聽到莫？有聽到莫？〇〇〇怎麼唔回答阿嬤的話囁？怎麼唔開口囁？怎麼唔講話囁？

啊！伊笑笑地拍一拍孫子底小膀子。安囁（這樣）好啦！我們一道唸歌好唔好？好唔好？唱阿嬤教你的那半條歌好唔好？〇〇好啦！才那麼兩句？你早就會啦，唱得比阿嬤還好聽咧！來，我們一道唱。來，阿嬤現在就叫：一二三哦！〇〇準備好了呵！好，聽好哦！一〇二〇三……

來，來唱呀！唱呀！

黑茶茶，滋奶茶
老鼠捧茶請人客
黑茶茶，滋奶茶
老鼠捧茶請人客

黑茶茶，滋奶茶

老鼠捧茶請——

G 4 / 4

/ 1 12 3 - / 5 56 5— /
黑 茶(ㄉㄜ) 茶 滋 奶 茶

/ 3 32 1 12 / 3 21 2- /
老 鼠 捧 茶 請 人 客

伊頓然閉口不再

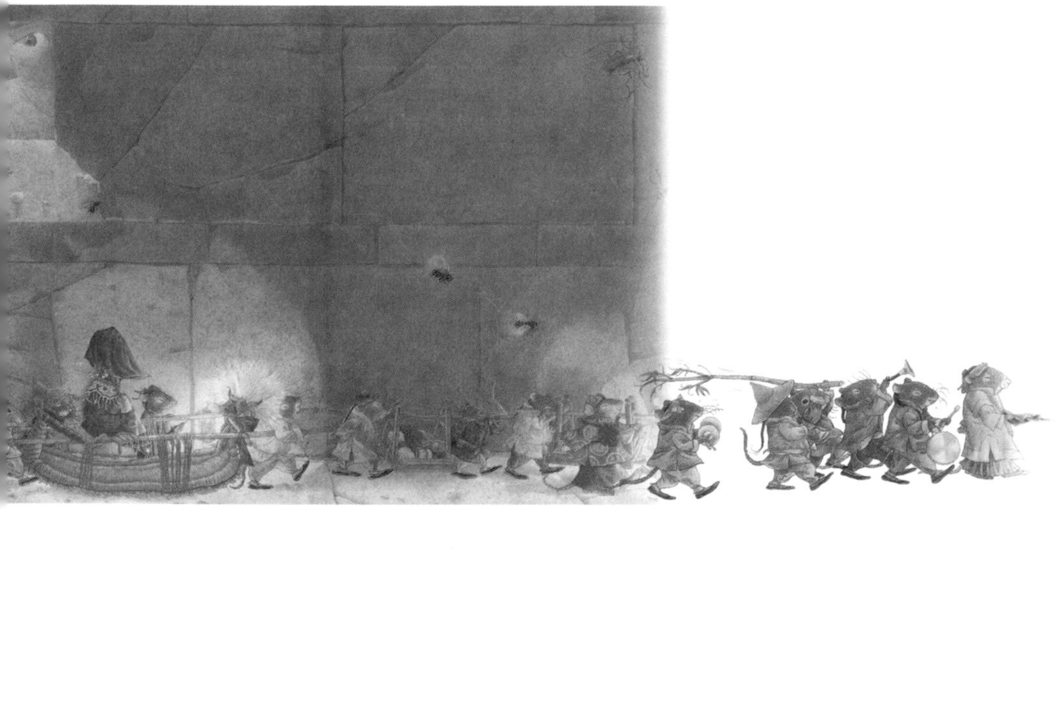

唱了，不再唱了！臉神惘然地看了孫子一眼，便深嘆起來。唉！果然是這款樣！果然是聽唔見我講的話。伊又惘然地望著孫子，望著望著忽地哎呀一叫：莫要連我這魂魄他也見唔到?!見唔到?!趕緊手伸到孫子眼前劃著比著劃著比著，像在測試伊孫子是否眼盲了。比著劃著比著劃著，伊孫兒眼皮連瞬一下也無！連瞬一下也無！伊突地跪下，然後要磕頭般地弓身趴俯在地上，翹起頭歪著臉向孫子說：弟弟，弟弟，快來騎呀！快來騎阿嬤這匹老馬呀！你唔是最喜歡騎馬嗎，

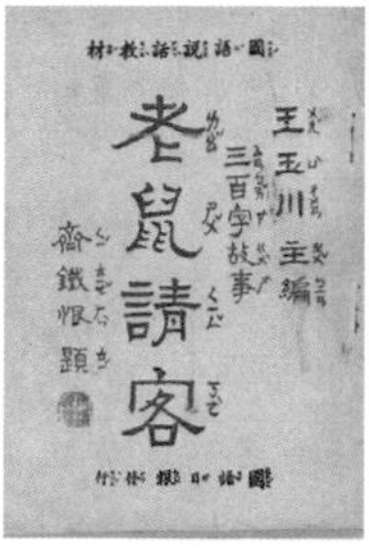

老鼠請客

「老鼠請客」說的是農曆正月初三老鼠舉行婚禮的民俗，也有諺語「初三，老鼠娶新娘」，提醒當晚人類要早早熄燈睡覺，不要驚擾老鼠。而且還要事先在廚房、倉庫等老鼠出沒的地方放置穀類、糕餅等，幫老鼠準備嫁妝，民間稱為「老鼠分錢」。先民雖痛恨老鼠吃掉糧食，卻也接受人鼠共存的生活，在初三這天不但放牠們一馬，還表達祝福之意，可見先民的厚道。

騎阿嬤這匹馬嗎？一隻手舉起來拉一拉孫子的小腿。快下來騎呀！快下來騎阿嬤這匹千里馬呀！

伊孫兒底一對黑白分明底眼仍然是又驚惶又空茫地望向門口，始終無有瞧伊一眼！始終無有瞧伊一眼！慢慢慢慢，伊自地上爬了上來，手撫觸著孫子仍復顫抖不停的小身子，慨嘆一聲。怎麼辦才好呢？怎麼辦才好呢？記得兒子他爹病情嚴重時，聽到醫生說：莫——拉霉嚙？（日音：意爲：沒有希望了），伊脫口的第一句話便是：怎麼辦才好？怎麼辦才好？生下大兒子時，美軍飛機正在台灣轟炸得厲害，大家統攏家帶眷往山裡疏開，正巧兒子他老爸又在遠方吃頭路（就職），一時又聯絡不上，急得伊直叫：怎麼辦才好？怎麼辦才好？兒子他老爸過世後，移民住美國的大兒子要接伊過去；伊想大家都二十年沒見過面了，早都生疏了，要長期住在一道，總是不大好；而二兒子這邊，媳婦又講究衛生得這款樣——伊洗淨的碗盤，媳婦還得用熱開水再洗一道才放心囁！衛生到這款樣！伊眞擔心叫媳婦嫌骯髒看唔起！可是伊一個留在老家也唔是辦法！那時伊心中唸叨不斷的一句話也是：怎麼辦才好？彷彿一生裡，伊經常講的一句言詞便是：怎麼辦才好？

怎麼辦才好？

弟弟，你又聽唔見阿嬤；又看唔到阿嬤，叫阿嬤怎樣來安撫你好呢？唉！怎麼辦才好呢？伊爬梳起孫子濃密嫩細的毛髮，一壁瞟著床邊那一大面梳粧台上的鏡子。鏡子沒披布罩子，伊清明地睹到鏡中底伊；清清明明地目睹到了。側過臉，伊對著鏡子照了照，理

台灣大轟炸

二次大戰後期，日本將台灣定位爲南進的基地，於是一九四三年底，美軍開始轟炸台灣，企圖癱瘓日本的南進能力。美軍鎖定機場、交通設施、工廠進行攻擊，總督府開始將都市居民疏散到鄉村。一九四五年，美軍展開全面的空襲，市區的公共建築遭到嚴重破壞，許多著名建物遭到炸毀（如左圖的當時台北帝大附屬醫院），至今許多公共建物上仍留有遭砲彈毀損的痕跡。「走空襲」的防空洞避難經驗，也因此成爲經歷過這個時代的人共同記憶。

了理剛才趴在地上而弄亂了底髮，理著理著，伊陡地停下手，驚喜得異常地對鏡裡的自己說：看，鏡裡的人不是我嗎？鏡子可以照到我咧！可以照到我咧！伊起身趨到梳粧台前，面對鏡子笑一笑。鏡裡的伊也跟著同時笑一笑。伊招招手，鏡中底伊也同時招招手。伊興奮透頂地對自己說道：鏡子可以照到我，那麼旁人一定可以見得到我！也〇也一定可以聽得見我！對，定是這款樣：一定是弟弟驚嚇過度，神智糊塗起來，才看唔到我聽唔到我！沉吟了一會，又對自己講

一遍：一定是這款樣的：「的」還未完全講盡，伊就急奔而出穿過客廳直到前面的陽台來。

彷彿沒見到伊來，幾隻麻雀依舊在欄杆上跳來躍去，吱吱喳喳。伊低首矚去，只有兩個小孩在巷道上追來跑去，再也沒有什麼生人！抬臉眺看對面的公寓。啊！二樓陽台站了個著穿大紅棉襖的婦女，手裡抱個小娃娃。小娃娃兩隻小手在空裡亂舞亂抓，要把冬天難得見著的

陽光捉拿到手似的。穿紅棉襖的婦人沒一會工夫就親一趟沒一會工夫就親一趟嬰孩紅通通的小臉蛋！

伊向穿紅棉襖的婦女揮揮手，一頭大聲叫：

這位查某官（女士），這位查某官！

那婦人又在親伊底娃娃，好似沒有聽到伊。

伊尖高起聲量來：

這位查某官！這位查某官！這位查某官！

那穿紅棉襖的女人仍然未有聞聽到！仍然未有聞聽到！伊想：這怎麼可能？連伊囝仔的「咦咦呀呀」我都聽得見，都聽得分明，怎麼伊會聽唔見我在叫伊？

這位查某官！伊又拚力叫拚力揮手！

這位查某官

這位查某官

這位查某官！

這位查某官！

這位——

伊廢然地放下手，搭在欄杆上。那穿紅棉襖的女人又在親親親小娃娃紅通通的小臉蛋。在欄杆上躍來跳去的小雀兒，更加吱吱喳喳上來。伊深深深地嘆息了一聲。

畢竟連旁人也莫能見到我聽到我！也莫能見到我聽到我啊！

唉！

轉身過來，伊遲緩地踏入客廳。陽光已經晒到牆上來啦！經過躺在地上底伊，也不去睫睇一眼就逕入兒子媳婦的房間，挨著孫子，在床沿上坐下，焦慮地看著孫子。怎麼辦才好呢？阿嬤害你驚嚇得這款樣！叫阿嬤怎放心走呢？你又聽唔見阿嬤的話，又見唔到阿嬤的魂魄，叫阿嬤怎麼安撫你好呢？又深嘆起來，唉！旁人也一樣莫能看到阿嬤聽到阿嬤。不然，阿嬤就會去找人來哄你，來安慰你！〇〇〇〇唉！阿嬤要是在你爸爸媽媽還莫有出門上班前就死，那該多理想啊！便莫會把你著驚成這一款樣的！對啊！便是等你媽咪下課回來再死，也是很理想的呀！有你媽咪在身旁，你總不會這款樣吃驚的！你才三、四歲，那碰過像死亡這樣的大事！都是阿嬤唔好，都是阿嬤唔好，莫有選對時間，才害你吃驚才害你慌張，才——啊！○○○○不相信，伊拿手去摸一摸孫兒屁股底下的墊被，果然濕濡濡一片！天啊！尿都嚇出來了！都嚇出來了，怎麼辦呢？怎麼辦才好呢？他爸爸媽媽莫能趕緊回來，這孩子定要嚇出大病來！天啊！我該怎麼辦？怎麼辦？伊緊緊摟起孫兒，親著他底臉親著他底髮。阿嬤要怎麼辦才好呢？阿嬤是新死沒多少時候，什麼能力也莫有——莫能夠找人來安撫你！莫能夠打電話叫你媽咪快回家、莫能夠煮中飯給你吃！你知道，阿嬤都把菜照你媽咪的吩咐又用沙拉脫又用熱開水洗得乾乾淨淨，還泡在水裡除農藥呢！還有你最愛吃的蛤蜊，阿嬤也照你媽咪發明的方法用鹽洗了五、六次，乾乾淨淨到連一滴沙也莫有呢！阿嬤要煮一大碗味噌蛤蜊湯給你配飯吃，你知莫！〇〇〇〇唉！誰

歌謠的演出：車鼓戲

車鼓戲通常在廟會的時候演出，由一個旦、一個丑組成，小旦頭戴大花、手持手巾，丑角鼻頭塗白，詼諧的造型引人發笑。他們邊跳著舞邊唱著「車鼓調」的曲調，演出歌仔中的民間故事像《桃花過渡》、《牛犁歌》等，逗趣的演出營造出廟會輕鬆、歡欣的氣氛。

叫阿嬤才新死沒多久，一點法力也無，別說煮一餐飯，便是連打通電話也莫能夠！

弟弟，你一定餓了，一定餓了，早上才喝那麼兩口牛乳，吃那麼兩片麵包！現在一定餓啦！伊眼角掃瞄了下梳粧台上的座鐘。都一點多了！那你一定很餓很餓了啦！怎麼辦呢？怎麼辦呢？還得等到三點，他媽媽才會回來。你爸爸得要六點以後才能回來。怎麼辦才好呢？孩子連小便都嚇出來了，肚子又餓！莫要生出大病來咧！伊痛惜十分地摸撫著孫兒雪一般白底臉寵。天啊！他可是我的乖孫子！可千萬莫要讓他嚇出大病來咧！

伊又向時鐘掃視過去。

才一點二十一分！

才一點二十六分！

才一點二十七分！

才一點半！

才一點四十三分

才——

才——

才——

哦！才兩點鐘！才兩點鐘！

他媽咪三點才能回家。還得挨一個鐘頭！一個鐘頭！天哦！千萬莫讓我這乖孫嚇出病來哦！〇〇〇哦！我這乖孫！我這乖孫，伊情深深深地吻起孫兒底臉，孫兒底髮。我這乖孫最精靈最聰明不過了！就莫有見過這款俏（聰明）這款古錐（可愛）的囝仔！伊哼哼哼地笑了起來。聽我放過屁，竟說：好香哦！好香哦！香得像媽咪的香水。笑死人嘍！怎麼想得出來！我剛洗好頭髮、亂蓬蓬的一堆，我這俏孫竟說我的頭毛像歐陽菲菲，像那個頭髮亂七八糟的歐陽菲菲。笑死人嘍！怎麼想得出來？還有那件事——伊這時就忍不住格格笑，格格笑起來。

一晚伊正在房裡換衣裳，不想伊這俏孫竟不聲不響闖了進來，伊來不及閃躲，也來不及扣鈕扣。伊底乖孫子品鑑了伊一晌，就掉頭出去鄭重其事地向他爸爸媽媽說：

「告訴你們一個秘密。阿嬤的胸部長有兩顆大葡萄囁！」

伊在房裡聽到了，笑得前仰後合，人都笑軟了！

伊這俏孫兒讓伊懷念讓伊發笑的事，彷彿很多很多，很多很多，一樁樁憶，一件件記，伊格格格笑格格格笑個不止。前幾天，電視機有了故障畫面模糊不清，伊兒子打電話要找人來修，伊這古錐孫兒就說：

「電視機累了嘛！睡睡覺就好了啦！」

有一次他感冒發燒，醫生把退燒藥塞進他屁股裡。

回到家他就對伊講：

「阿嬤！我好難過哦！」

伊問：「爲什麼？」

他小臉苦了起來：「我屁股吃錯藥！」

呵！怎麼想得出來?!怎麼想得出來?!伊抱緊伊底俏孫兒猛親了起來。怎麼想得出來？怎麼想得出來？又格格格笑了好一陣！然後太息一聲。我這俏孫仔，阿嬤最捨不得離開的人就是你！就是你啊！你知莫？以後誰來照顧你呀？大概又要把你送往托嬰所去！

伊又去瞧梳粧台上的時鐘。

才兩點二十三分

才兩點二十八分

才兩點三十——

才兩點三十——

才兩點四十分！才兩點四十分！

還要二十多分鐘！還得再等那麼久！孩子都快嚇壞了！怎麼還不趕緊回來？哦！伊忽然擔心起來。要是他媽咪去開什麼會議，莫能夠在三點回來，那唔是害

本地歌仔

宜蘭自古流傳「本地歌仔」的表演，剛開始是農民農閒時聚在一起以樂器伴奏、演唱歌謠自娛。後來融合了車鼓戲，發展成該地特有的歌舞小戲，稱為「本地歌仔」，在廟埕或陣頭中演出。歌謠曲調以七字仔最普遍，演出《陳三五娘》、《山伯英台》、《臭頭阿祿娶親》等戲碼。採用南管戲、車鼓戲的樂器伴奏。早期宜蘭的民眾組成「歌仔班」，聘請老師教戲為娛樂，今日宜蘭的公園中仍有老人們演唱本地歌仔。

（糟）呀！○○○○這孩子一定驚嚇出病來了，幾個鐘頭了，就一直呆坐在這裡，一動也未動過。臉還是這款白支支，莫有一點血色！牙齒還不時格格響！天這款冷，肚子又餓，褲子又尿溼了，唔趕快看醫生去，一定會出事的。

唔趕緊帶他去看醫生，一定會出事的！

哦！都過了三點啦！都過了三點啦！他媽咪怎麼還莫有回轉來？是唔是又在開什麼會議？伊急得猛拍打起床來，撲撲撲、撲撲撲。怎麼還不回來?!再不回來，

可眞要出事啦！再不回來，再不回來，可眞要出事啦！又拿手打床，拍拍拍、拍拍拍。咦？伊彷彿——咦？伊彷彿聽見有人——伊彷彿聽見有人在開啓大門——在開啓大門底鎖。坐挺起來，伊豎耳細聽。啊——啊——伊聽到了伊聽到了伊眞地聽到了有人在開大門底鎖！是媳婦回來了？是伊回來了？一定是，一定是的。伊欣喜地睇著孫兒。沒事了，沒事了！你媽咪回來了！你媽咪回來了！伊拍拍孫兒底背。莫再害怕了！莫再害怕了！你媽咪回來了！

來到客廳目見伊媳婦開門進來！伊就鬆心下來吐了一口氣。到底回來了！提著皮包的媳婦脫下高跟鞋光著腳丫踏進來。門口那裡擺了兩三雙脫鞋。媳婦挑了雙大甲草編織的穿上，轉身把門閤緊，然後回過頭來，伊就「阿母——阿母——」驚叫起來。皮包甩在地上，伊人就奔過去蹲下來兩手按在屍體的心口上仔細審聽。審聽了好一會工夫，就緊張地叫：阿母——阿母——

伊敏速地跳到媳婦跟前大聲叫：

莫用管我！趕緊招呼弟弟去要緊！趕緊招呼弟弟去哪！莫用管我！已經死啦！莫用管啦！

媳婦完全沒有聽到伊底話，儘在那裡給躺在地上底伊做急救做人工呼吸，最後竟做起口對口的人工呼吸要急救伊要急救伊底性命。

伊看得淚水盈湧了出來。莫要這樣！莫要這樣！我的好媳婦！身屍髒哪！髒哪！怎麼可以拿嘴去碰呢！我的好媳婦，都是我戇，一直怕你嫌我髒嫌我拉撒，一直戰戰兢兢跟你住一起，呵！我實在戇！實在戇！

伊媳婦放棄了急救，輕輕閤上婆婆依舊睜開著底眼，然後就口裡叫著：「阿母——阿母」地飲泣起來。

伊伸手要扶媳婦起來，要扶媳婦起來，我這好媳婦，你就別哭了！別哭了吧！趕緊進房去。弟弟就在你房裡。他嚇得一張臉都青筍筍，全身皮皮顫，還撒尿在床上。趕緊看他去吧！

媳婦仍舊無有目見到伊，無有耳聞到伊！仍在擦著淚水，仍在一聲一聲低叫著：阿母！

站在一邊的伊更是淚水盈湧。別再哭了，快進房去照顧弟弟要緊！

媳婦站了起來，蹭蹬到茶几邊，就急抓起電話撥。媳婦又驚又悲地把發生的事同伊兒子說過後，就交代：「你現在就回來！」然後掛下話筒。就在這時媳婦又神色張慌起來，彷彿是聽見了伊底頻頻催促！媳婦含淚底眼驚駭地四處張望起來，一面喊：

「弟弟！弟弟！弟弟——」

伊將嘴巴湊近媳婦耳下。在你房裡，在你房裡，快

進去，快進去！

一定是聽見了伊底話了，伊媳婦提步就往房間直跑去。伊也隨後趕去。一瞥到呆坐在床沿上的弟弟，媳婦就跳前去擁抱他。

「弟弟！弟弟！弟弟——」

伊全神貫注地看——看弟弟臉上有什麼反應。

弟弟臉上依舊愣愣呆呆，嘴唇依舊時不時地抖著。睹見這情形，伊緊張得渾身抖顫起來。莫要眞給我嚇出病來囁！

台語白話音的歌仔戲

宜蘭的本地歌仔，台詞使用大家熟悉的台語白話音，唱腔使用流傳久遠的七字調，表演自由、通俗，因此在日治時期迅速風行全台灣。本地歌仔持續吸收其他劇種的表演方式、音樂、裝扮等，從陣頭演出轉變成戲台上的歌仔戲，演出的戲碼也更加多元化，取材自歌仔冊的故事如《運河奇案》、《林投姐》等。歌仔戲是台灣流傳的傳統戲曲中，唯一發源自本土的劇種。

媳婦放輕聲嗓柔和地說：

「弟弟，弟弟，媽咪在叫你，媽咪在叫你，聽到沒？聽到沒？」

仍復無有一絲絲反應。兩隻黑白分明底眼睛仍然是那麼樣驚恐萬端地望向房門口。做阿嬤的伊心痛如絞。天哦！救救我這個戇孫！我這個乖孫！

媳婦更加柔聲細氣地。「弟弟，媽咪在叫你，聽到沒？聽到沒？」

「弟弟」，「弟弟」，一聲溫柔一聲。

啊！啊！弟弟把臉轉過來看他媽咪！做阿嬤的伊以爲看錯了，眨了眨眼，定睛再看！啊！伊舒了一口大氣。弟弟果然把臉轉過來看他媽咪。伊緊張地等著等著伊孫兒開口說話。

媳婦捧起弟弟底臉，親了親。「弟弟，不要怕，不要怕，媽咪回來啦！」

萬萬分緊張地伊盯著孫兒盯著孫兒看。啊！伊孫兒底口在動了——在動了！伊孫兒的手舉起來了，舉起來扳他媽咪底肩，然後就一頭倒進他媽咪的懷裡哇一聲嚎啕大哭起來。

如釋重負地伊啊了一大聲！能哭就好！能哭就好！伊又淚水盈湧上來。能哭就好，能哭就好！這樣阿嬤就放心了！這樣阿嬤就可以放心走了！伊用手背擦淨了眼淚。對啦！等阿嬤見過閻王，有了法力，阿嬤會常常回來看你，回來教你唸歌，回來變把戲給你看，回來帶你出去吃蚵仔麵線……。

（七十二年三月十八日完稿）

七十二年四月登於《文季》第一期

七十二年九月七日至九月九日連載於《世界日報》

七十六年四月收入《人生歌王》

王禎和創作大事記

一九六一年　大學時期，在台北西門町的石加飯店與張愛玲談話，深刻影響日後描寫女性的創作手法。一月發表短篇小說〈眞相〉（校園刊物《台大青年》）；三月發表短篇小說〈鬼、北風、人〉（《現代文學》雜誌第七期）；七月發表〈永遠不再〉（後改名〈夏日〉）（《現代文學》雜誌第九期）。

一九六三年　發表短篇小說〈寂寞紅〉（《作品》雜誌第四卷第五期）。寫作完成〈聖夜〉，但未發表。

一九六四年　發表短篇小說〈快樂的人〉（《現代文學》雜誌第二十期）。

一九六七年　發表短篇小說〈來春姨悲秋〉（《文學季刊》雜誌第二期）、〈嫁妝一牛車〉（《文學季刊雜誌》第三期）、〈五月十三節〉（《文學季刊》雜誌第五期）。

一九六八年　發表短篇小說〈三春記〉（《文學季刊》雜誌第七期）。

一九六九年　出版第一本小說集《嫁妝一牛車》（金字塔出版社）；發表短篇小說〈那一年冬天〉（《幼獅文藝》雜誌第一八九期）。

一九七〇年　發表短篇小說〈月蝕〉（《文學季刊》雜誌第十期）；出版第二本小說集《寂寞紅》（晨鐘出版社）。進行劇本「流浪到台北」的寫作，後定稿時改名〈望你早歸〉。

一九七一年　發表劇本〈春姨〉（《幼獅文藝》雜誌第二一三期）、〈兩隻老虎〉（《幼獅文藝》雜誌第二一六期）。

一九七三年　發表劇本〈望你早歸〉（《文季》雜誌第一期）；發表〈小林來台北〉（《文季》雜誌第二期），後擴展成長篇小說〈美人圖〉。

一九七四年　發表短篇小說〈伊會唸咒〉（《中外文學》雜誌第三卷第四期）。

一九七五年　出版短篇小說集《三春記》（晨鐘出版社）。在《電視週刊》上撰寫「走訪追問錄」專欄。

一九七六年　發表短篇小說〈素蘭要出嫁〉（《聯合報》副刊）。

一九七七年　開始在《電視週刊》上撰寫影評，約七百餘篇。出版電視訪問集《電視電視》。

一九七九年　發表短篇小說〈香格里拉〉（《中國時報》副刊）。出版《嫁妝一牛車》（遠景出版社）。

一九八〇年〈香格里拉〉獲時報文學小說推薦獎。出版小說集《香格里拉》（洪範出版社）。罹鼻咽癌，返鄉休養。

一九八一年　發表長篇小說〈美人圖〉（《中國時報》副刊）。

一九八二年　出版《美人圖》（洪範書店出版）。翻譯連載專欄「影人影世—英格麗褒曼：我的故事」。發表〈美人圖〉第二章

一九八三年　發表短篇小說〈老鼠捧茶請人客〉（《文季》雜誌）；擔任《文季》編輯委員。

一九八四年　發表長篇小說〈玫瑰玫瑰我愛你〉（《聯合報》副刊）；改寫〈嫁妝一牛車〉爲電影劇本。出版《嫁妝一牛車》劇本、《玫瑰玫瑰我愛你》（遠景出版社）、《美人圖》（洪範書店出版）。寫作〈兩地相思〉，但未能完稿。

一九八五年　發表短篇小說〈素蘭小姐要出嫁——終身人事〉。出版，與前一篇〈素蘭要出嫁〉內容完全不同。出版影評集《從簡愛出發》（洪範書店出版）。

一九八六年　發表電影劇本及中篇小說〈人生歌王〉。

一九八七年　出版《人生歌王》（聯經出版社）。

一九九〇年　發表中篇小說〈大車拼〉（《聯合報》副刊）。因癌症病逝。

多語言的探索

〈老鼠捧茶請人客〉是王禎和最後一篇短篇小說作品，寫作技巧已然成熟圓融，他以一位猝死的阿嬤的鬼魂爲敘事觀點，情節跟隨著阿嬤鬼魂的意識流而鋪陳，巧妙結合多語言特色，逐步塑造阿嬤的性格，讓讀者了解她與家人的關係，並反映社會變遷、小家庭婆媳相處的問題。

小說先寫一個愛孫心切的阿嬤她焦急地看著孫子臉色慘白地呆坐床上，尿濕了，她極盡所能想使孫子說話，在獨白與問話中，逐漸透露出祖孫倆深厚的情感（她陪孫兒做各種遊戲，或是當馬讓孫子騎），與媳婦相處的心結（媳婦重衛生而婆婆喜歡帶孫子去吃土豆糖、蚵仔煎）、所居住的狹小公寓（連晒個被子也沒有多餘空間）、與鄰居間的疏遠（只認識鄰居的狗卻不知鄰居的名字）等等問題點出，如此進行至篇幅四分之一處，阿嬤方才驚嚇地瞥見自己倒臥在客廳地上的屍體，費了一會工夫確定自己的死亡。接著鬼魂的意識進入過往的回憶，將自己如何死亡的情況細膩交代，並陳說自己的身體一向硬朗，並無大病痛，如此突然死去，「無有連累到兒子和媳婦」，算是極感安慰。篇幅至二

分之一處，鬼魂的意識又回到當下，阿嬤不斷嘗試各種方法以安撫小孫子，直到兒媳回家，趕緊對著她進行口對口人工呼吸，阿嬤才恍然大悟，兒媳對她並沒有偏見（她一直以爲媳婦嫌自己髒），兩人間存在的問題只是缺乏溝通。小說的巧意安排，顚覆了世俗自以爲是的婆媳問題的慣性思維，拆解了讀者順理成章的猜測。

小說若干部分寫得很細膩感人，當她還不知是自己的死亡嚇壞孫子時，她不停地探問：是不是哪裡不舒服？摸摸額頭看看時不是發燒？她還懷疑孫子想訛詐她把藏好的土豆糖拿出來吃。當她發現自己死了的時候，她想到該把屍骸挪到自己的房間，免得再嚇壞孫子。她嘗試撥電話給媳婦，嘗試向樓下過路人求救，嘗試領著孫子唱那半條綜雜台、日語的歌謠，嘗試趴下來讓孫子當馬騎，可是一切努力自然使不上。

現代小說的敘述形式還離不開對語言的探索，台灣小說的語言有得天獨厚的優勢，在國語爲主體的敘述中，可以配合各種台語以及外來語，在王禎和等作家的不懈努力下，多語言進入小說敘事已經成爲台灣現代小說的一大特徵。爲求貼近阿嬤的說話語調與模式，作者嫻熟地使用國、台語、日語夾雜的表達方式，並在文本裡穿插了一首她常教導孫兒唱的日本歌謠，並附上簡譜，點出了阿嬤生長的時代環境。在文本中可以發現這段被台語改造過的日本歌謠「黑茶茶，滋奶茶／老鼠捧茶請人客」被阿嬤引用三次，以消解孫兒的恐懼。此外，他將字體放大、或將一兩句話獨立成段、或將字體加粗等等，這些手法，都力求貼近當時的語境，如阿嬤試圖呼叫對面公寓的女人時，他用：「這位查某官！」連用五次，第四次後並加大加深字體，表現阿嬤的呼喊越發焦急大聲；阿嬤在等著媳婦回家時，對時鐘頻頻回首。以一句時間空一行的方式，表現阿嬤頻頻回顧，時間卻仍舊漫長的心情等等，這都展現了他在小說語言形式的努力與細心。

至於小說題目〈老鼠捧茶請人客〉，人客，是閩南語的語法，即「客人」的意思。作者並非用它來敘說一則童話故事或以此涵蓋小說的主旨，它是祖孫倆其樂融融的哼唱曲子，不具任何實質意義，但小說因此具備相當的音樂性。現實上，作者曾經歷生死交關的

折磨，對於死亡的體會較一般人深刻。他創造出一個鬼魂，指涉人死後仍有魂魄的存在，對於人間的情感也非隨著死亡而散失，所以死去的阿嬤能夠以「鬼魂」的姿態出現，對最疼惜的孫兒展開安撫、企圖保護、進行溝通的種種行爲，並在小說末了，孫兒終於從驚呆中恢復後，老阿嬤抹乾眼淚，許下再回來看顧孫兒的承諾。尉天驄說此文：「超越了死亡，超越了悲痛，我們所見到的正是永恆不息的倫理精神。」小說以鬼魂敘說故事，並非怪力亂神、迷信聳人，相反的，它具備了相當程度的現實性，因此讓人深深感動。

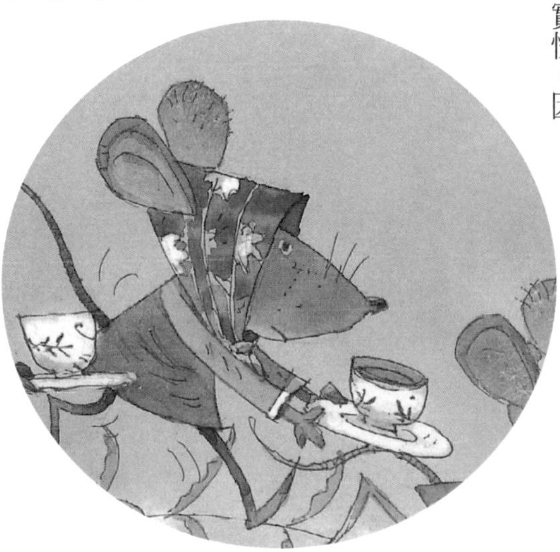

國家圖書館出版品預行編目資料

老鼠捧茶請人客 / 王禎和文；張振松圖.
—— 初版. ——臺北市：遠流， 2006
[民95]
面； 公分. ——（臺灣小說. 青春讀本；10
)

ISBN 957-32-5718-1（平裝）

850.3257 94026477